Mistério no México

Mystery in Mexico

Jane West

Traduzido por

Translated by

Other Badger Portuguese-English Books

Rex Jones:

Perseguição Mortífera	Chase of Death	*Jonny Zucker*
A Febre do Futebol	Football Frenzy	*Jonny Zucker*

Full Flight:

O Grande Irmão na Escola	Big Brother at School	*Jillian Powell*
O Planeta do Monstro	Monster Planet	*David Orme*
Mistério no México	Mystery in Mexico	*Jane West*
A Miúda da Pedra	Rock Chick	*Jillian Powell*

First Flight:

A Ilha da Barbatana de Tubarão	Shark's Fin Island	*Jane West*
Ciclistas dos Céus	Sky Bikers	*Tony Norman*

Badger Publishing Limited
15 Wedgwood Gate, Pin Green Industrial Estate, Stevenage,
Hertfordshire SG1 4SU
Telephone: 01438 356907. Fax: 01438 747015.
www.badger-publishing.co.uk
enquiries@badger-publishing.co.uk

Mistério no México
Portuguese-English ISBN 978 1 84691 745 5

Publisher: David Jamieson
Editor: Danny Pearson
Design: Fiona Grant
Illustration: Seb Camagajevac
Translation: Jorge M Machado
Printed and bound in China through Colorcraft Ltd., Hong Kong

Mistério no México

Mystery in Mexico

Índice	Contents

1 O calor do meio-dia

O sol do meio-dia abrasava. A Sam jazia na sua rede. Todos os demais faziam uma sesta – era o costume no México, quando o sol dava calor de mais.

Todos os verões, ela e o pai visitavam esta parte erma e solitária do México.
O pai dela era um arqueólogo respeitadíssimo em Inglaterra, mas o que ele realmente adorava eram os verões a escavar em ruínas mexicanas.

1 Midday heat

The midday sun beat down. Sam lay in her hammock. Everyone else was having a sleep – that was what they did in Mexico when the sun got too hot.

Every summer, she and her father came to this wild and lonely part of Mexico. Sam's Dad was a top archaeologist in England, but what he really loved were summers spent digging around ruins in Mexico.

Normalmente, a Sam apreciava o descanso ao meio-dia. Agradava-lhe baloiçar gentilmente na rede à sombra duma grande árvore. Hoje era incapaz de dormir. Estava acordada e bem acordada.

A Sam abandonou a rede e embrenhou-se na floresta. Seria fácil perder-se no arvoredo.

A Sam verificou a bússola antes de encetar a caminhada. Não devia afastar-se muito sozinha, mas hoje a Sam não queria saber. Algo a chamava...

Sam normally enjoyed a rest at midday. She liked rocking in the giant hammock under the shade of a large tree. Today she couldn't sleep. She was wide awake.

Sam swung out of the hammock and walked off into the forest. It would be easy to get lost in the trees.

Sam checked her compass before setting off. She wasn't supposed to go far by herself, but today Sam didn't care. Something was calling to her...

2 Caçadores de tesouros

Vozes na floresta. A Sam deteve-se a escutar. Ouvia pessoas a conversar. Isso era bom – significava que ninguém a vira.

Mas, acima das vozes mexicanas, havia uma voz mais sonora que parecia americana. Isso já era mau.

Só havia uma pessoa nas redondezas que falasse assim: Rafe Spinks, o nojento arqueólogo americano com o seu jipe preto e chapéus grandes de mais.

2 Treasure hunters

Voices in the forest. Sam stopped and listened. She could hear people chatting. That was good – it meant she hadn't been seen.

But, above the Mexican voices, there was one loud voice that sounded American. That was bad.

There was only one person around here who spoke like that – Rafe Spinks, the slimy American archaeologist with his black Jeep and big hats.

O pai da Sam disse-lhe que Spinks não era realmente um arqueólogo - só lhe interessava descobrir tesouros. Não contente com isso, ainda pagava ao senhor da guerra local, José Mamexi, para o ajudar. Até a polícia tinha medo de Mamexi.

O pai dela tinha de saber que Spinks e Mamexi andavam nas redondezas.

A Sam esgueirou-se para ir avisá-lo. Olhou para a sua bússola. Não apontava para norte. Girava e girava, não apontava para nada.

Uma onda de medo varreu a Sam.

Sam's father said he was not a real archaeologist – he only cared about finding treasure. Not only that, but he paid the local warlord, José Mamexi, to help him. Even the police were afraid of Mamexi.

Her father needed to know that Spinks and Mamexi were looking close by.

Sam crept away to warn him. She looked down at her compass. It wasn't pointing north. It was spinning in a circle, not pointing at anything.

A wave of fear passed over Sam.

3 Perdida

A Sam tentou calcular para que lado devia ir. "Se tenho o sol pelas costas, então o campo deve estar à minha direita."

Regressou floresta dentro, tentando manter o sol pelas costas. Mas as ervas faziam-na tropeçar e os espinhos prendiam-lhe a roupa. Era como se a floresta não quisesse libertá-la. Cedo se fartou daquilo.

"Sou tão estúpida!" Disse a si própria. "O pai diz-me sempre para levar água comigo e dizer a alguém para onde vou!"

Mas não havia nada a fazer – estava perdida. A Sam sentou-se. A terceira coisa que o pai sempre lhe dizia era que ficasse onde estava, caso alguma vez se perdesse.

3 Lost

Sam tried to work out which way she should go.
"If the sun is behind me, then the camp must be
to my right."

She went back through the forest, trying to keep
the sun behind her. But the weeds tripped her up
and thorns stuck in her clothes. It was as if the
forest didn't want to free her. Soon, she was fed
up.

"I'm so stupid!" she said to herself. "Dad always
tells me to take water with me and tell someone
where I'm going!"

But it was no good – she was lost. Sam sat down.
The third thing her Dad always told her was to
stay where she was if she ever got lost.

A Sam encostou-se a uma pedra grande para reflectir. "Que estranho," disse aos seus botões.

A pedra não era normal, como as outras. Tinha arestas afiadas. Parecia fazer parte duma parede.

A Sam afastou as plantas que haviam crescido à volta da pedra afiada e raspou a poeira e a terra circundantes.

Logo viu mais da pedra. A Sam conteve a respiração. Apercebeu-se de que olhava para uma porta de pedra – que não era aberta há centenas de anos.

Sam leaned against a large rock to think. "That's odd," she said to herself.

The rock was not like a normal stone. It had sharp edges. It looked like part of a wall.

She pulled away the plants that had grown around the sharp stone and scraped away the dirt and soil.

Soon she could see more stone. Sam gasped. She realised that she was looking at a stone door – one that hadn't been opened for hundreds of years.

4 Perigo na escuridão

"O pai não ia gostar disto," pensou a Sam.
Mas agora não podia parar. A Sam empurrou a porta,
que se abriu. Moveu-se com facilidade, como se
quisesse que a Sam entrasse.

A luz do sol mostrou-lhe os primeiros passos, mas
logo a seguir estava escuro. A Sam respirou fundo e
deu um passo para o interior. Foi avançando
cuidadosamente, tacteando com os dedos.

"Aaai!" Alguma coisa lhe roçara a mão.

A Sam continuou a andar, os seus olhos habituando-se
ao escuro.

4 Danger in the dark

"Dad wouldn't like this," thought Sam. But she
couldn't stop now. Sam pushed the door open. It
moved easily, as if it wanted her to go in.

Sunshine showed her the first few steps, but then it
was dark. Sam took a deep breath and stepped
inside. She worked her way along, feeling the way
with her fingers.

"Aagh!" Something was moving by her hand.

Sam kept walking, her eyes becoming used to the
dark.

O chão começava a inclinar-se para baixo. "Se eu não conseguir sair daqui," disse a si mesma, "nem o meu cadáver encontrarão!"

Para a Sam, era de mais. Voltou-se para regressar, mas nesse momento viu uma luz diante de si. Que raios poderia ser?

Entrou numa caverna onde havia um nicho escavado na parede traseira. Lembrava à Sam os altares aztecas que vira no grande museu da Cidade do México.

No centro do nicho estava um objecto esférico de vidro. Parecia brilhar.

Aproximando-se, a Sam viu que o objecto não era realmente esférico, mas na verdade uma caveira. Uma caveira feita de puro cristal.

The floor started to slope downwards. "If I don't get out of here," she said to herself, "they won't even find my body!"

That was too much for Sam. She turned to go back but, at that moment, she saw a light ahead of her. What on earth could it be?

She walked into a cave with a shelf cut into the back wall. It reminded Sam of the Aztec altars that she'd seen in the big museum in Mexico City.

In the centre of the shelf was a round, glass object. It seemed to glow.

As she went closer, Sam could see that the object wasn't really round, it was a skull. A skull made of pure crystal.

5 A caveira

"Estas coisas são muito, muito raras," disse a Sam, contemplando a caveira de cristal.

O museu no México tinha uma e havia outra em Paris. Havia mais, noutros grandes museus. Mas tinham todas sido encontradas no México.

A Sam ouvira o pai e outros arqueólogos falar das caveiras de cristal. Por que teriam sido feitas? Algumas pessoas diziam que as caveiras teriam poderes mágicos para além da nossa compreensão.

Até hoje, ninguém sabia como é que os antigos Aztecas tinham feito as caveiras usando apenas ferramentas simples.

5 The skull

"These are really, really rare," said Sam as she looked at the crystal skull.

The museum in Mexico had one and there was another one in Paris. There were more in other big museums. But they had all been found in Mexico.

Sam had heard her father and other archaeologists talking about crystal skulls. Why were they made? Some people said that the skulls must have magic powers that we did not understand.

To this day, nobody knew how the ancient Aztecs made the skulls with only simple tools.

"Não conseguimos perceber por que razão existem," dizia o pai da Sam, "mas realmente existem."

Um arqueólogo até sugerira que as caveiras tinham sido feitas por extraterrestres, mas ninguém acreditava nele.

"Tenho de levar isto ao pai," disse a Sam. "Será o achado da vida dele!"
A Sam tentou alcançar a caveira com a mão.

"Não toques nisso!"

A Sam estremeceu ao ouvir uma voz de homem.
O Rafe Spinks estava na caverna, brandindo a tocha como se fosse uma arma.

"We just can't work out why they exist," said Sam's father, "but they do."

One archaeologist had even suggested that the skulls were made by aliens – but no-one believed him.

"I must get this to Dad," said Sam. "It will be the find of his life!" Sam reached out to pick up the skull.

"Don't touch that!"

Sam jumped at the sound of a man's voice. Rafe Spinks stood in the cave, holding his torch like a gun.

"Deixa-a estar, menina!" Ordenou ele. "Pode ser uma armadilha. Até uma criança como tu devia sabê-lo. Nunca viste nenhum filme do Indiana Jones?"

A seu lado, ria-se um homem baixo de cabelo escuro. "Pegue na caveira e dê-me o meu dinheiro," disse ele. Falava com sotaque mexicano e cheirava mal.

"A miúda é filha daquele velhote inglês," disse Spinks. "Estes arqueólogos estão sempre a atrapalhar."

"Não se preocupe, eu trato da rapariga."

A Sam engoliu em seco. Encontrava-se frente a frente com os olhos frios do pérfido senhor da guerra José Mamexi.

"Leave it, girl!" he ordered. "It could be a trap. Even a kid like you should know that. Haven't you seen any Indiana Jones films?"

Next to him a short, dark-haired man giggled. "Get the skull and give me my money," he said. He sounded Mexican and he smelled bad.

"The girl is the daughter of that old English guy," said Spinks. "These archaeologists are always in my way."

"Don't worry, I'll deal with the girl."

Sam's throat went dry. She was looking right into the cold eyes of the evil warlord, José Mamexi.

6 O senhor da guerra ameaça

Spinks olhou irado para o homem feioso mas o seu interesse voltou à caveira. Mamexi encaminhou-se para a Sam.

Esta gritou, alarmada, e começou a recuar. "Socorro!" Implorou ela.

Spinks estava imóvel e Sam sentiu as mãos húmidas de Mamexi à rodear o seu pescoço.

Subitamente um grito alastrou pela caverna.

Os olhos da caveira acenderam-se com um fogo azul que queimou Spinks e Mamexi.Estes caíram por terra.

6 Warlord worries

Spinks looked angrily at the ugly man but then he went back to the skull. Mamexi began to walk towards Sam.

Sam cried out in alarm and backed away from him. "Help me!" she begged.

Spinks didn't move and Sam felt Mamexi's damp hands reach for her neck.

Suddenly a scream filled the cave.

The skull's eyes glowed with blue fire, burning into Spinks and Mamexi. They fell to the ground.

A Sam sentiu-se invadida por um sentimento de calma. Parecia que a caveira lhe dizia o que fazer.

Pegou na caveira e correu caminho acima até à porta. Os dois homens ainda jaziam por terra.

A feeling of calm filled Sam. The skull seemed to be telling her what to do.

She picked up the skull then ran back up to the door. The two men were still on the ground behind her.

7 O pai

De volta à luz do sol, a Sam correu pela floresta, saltando facilmente por cima de árvores caídas e lianas.

Chegou ao campo sem fôlego e caiu nos braços do pai.

"Onde estiveste?" Bradou ele. "Eu estava tão preocupado!"

7 Father

Back in daylight, Sam ran through the forest, jumping easily over fallen trees and vines.

She arrived in the camp out of breath and fell into her father's arms.

"Where have you been?" he cried. "I was so worried!"

"Pai, olha!" disse a Sam. "Vê só o que eu encontrei!"

Os arqueólogos reuniram-se à volta deles, olhando em silêncio para a caveira de cristal.
"Onde a encontraste?" Perguntou o pai, a voz a tremer.

"Na floresta," disse a Sam. "O Spinks e o Mamexi também lá estavam."

O seu pai olhou para ela, alarmado. "Fizeram-te mal?" perguntou ele.

"Creio que teriam feito," disse a Sam, "mas a caveira salvou-me."

"Que queres dizer?" Perguntou o pai, confuso.

"Dad, look!" said Sam. "Look what I've found!"

The archaeologists gathered round, staring in silence at the crystal skull. "Where did you find it?" asked her father in a voice that shook.

"In the forest," said Sam. "Spinks and Mamexi were there, too."

Her father looked up in alarm. "Did they hurt you?" he asked.

"I think they might have," said Sam, "but the skull saved me."

"What do you mean?" asked her father, confused.

"Não sei," sussurrou a Sam.
"O Mamexi tentou agarrar-me e… e… não sei. A caveira começou a emitir luz e magoou-os. Fê-los gritar. Queria ajudar-me… e queria que eu a ajudasse. A caveira disse que queria voltar a ver a luz do sol. E… e… é tudo."

O pai olhou para ela em silêncio.

"Sei que parece um disparate," disse a Sam. "Mas foi o que aconteceu."

Ela olhou para a caveira de cristal. Mas a caveira estava inerte e sem vida, reluzindo sob o sol Mexicano. Não se importava de guardar os seus segredos – por agora.

"I don't know," whispered Sam. "Mamexi tried to grab me and… and… I don't know. The skull just lit up and it hurt them. It made them scream. It wanted to help me… and it wanted me to help it. The skull said it wanted to see sunlight again. And… and… that's it."

Her father stared at her in silence.

"I know it sounds crazy," said Sam. "But that's what happened."

She looked at the crystal skull. But the skull was still and lifeless, gleaming under the Mexican sunshine. It was happy to keep its secrets – for now.

31